날개

날개

이상 지음

비케북스

이상(李箱, 1910~1937)은 한국 근대 문학의 대표적인 모더니스트 작가이다. 본명은 김해경(金海卿)이다. 어릴 적부터 예술에 관심이 있었으며 화가를 꿈꾸기도 했다. 이후 경성고등공업학교 건축과를 수석으로 졸업한 뒤 조선총독부에서 건축기사로 근무하였다. 1931년 조선미술전람회에 서양화 〈자상〉으로 입선하였고, 《조선과 건축》에 시 〈이상한 가역반응〉을 발표했다. 이후 폐결핵이 악화된 그는 건축과 기수직에서 물러나 문학에 전념했다.

그는, 시, 소설, 수필을 넘나들며 초현실주의적이고 실험적인 문체로 주목받았고, 일제강점기의 도시적 소외와 내면의 분열을 예술적으로 형상화하였다. 대표작으로는 단편소설 〈날개〉, 〈권태〉, 〈지주회시〉, 시집 《오감도》 등이 있다. 그는 박태원, 김기림 등과 함께 모더니즘 문학을 주도하며 〈구인회(九人會)〉에서 활동하였다. 1937년 일제에 체포되어 도쿄로 압송된 뒤, 향년 26세의 나이로 요절하였다.

차례

일러두기
- 모든 주석은 편집자 주다.

날개

'박제(剝製)가 되어버린 천재'를 아시오? 나는 유쾌하오. 이런 때 연애까지가 유쾌하오.

육신이 흐느적흐느적하도록 피로했을 때만 정신이 은화처럼 맑소. 니코틴이 내 횟배 앓는 뱃속으로 스미면 머릿속에 으레 백지가 준비되는 법이오. 그 위에다 나는 위트와 패러독스를 바둑 포석[1]처럼 늘어놓소. 가공할 상식의 병이오.

나는 또 여인과 생활을 설계하오. 연애 기법에 마저 서먹서먹해진 지성의 극치를 흘깃 좀 들여다본 일이 있는, 말하자면 일종의 정신분일자(精神奔逸者) 말이오. 이런 여인의 반―그것은 온갖 것의 반이오.―만을 영수(領受)하는 생활을 설계한다는 말이오. 그런 생활 속에 한 발만 들여놓고 흡사 두 개의 태양처럼 마주 쳐다보면서 낄

---

1 바둑에서, 중반전의 싸움이나 집 차지에 유리하도록 초반에 돌을 벌여 놓는 일.

낄거리는 것이오. 나는 아마 어지간히 인생의 제행(諸行)[2]이 싱거워서 견딜 수가 없게끔 되고 그만둔 모양이오. 굿바이.

굿바이. 그대는 이따금 그대가 제일 싫어하는 음식을 탐식하는 아이러니를 실천해 보는 것도 좋을 것 같소. 위트와 패러독스와…….

그대 자신을 위조하는 것도 할 만한 일이오. 그대의 작품은 한 번도 본 일이 없는 기성품에 의하여 차라리 경편(輕便)[3]하고 고매하리다.

19세기는 될 수 있거든 봉쇄하여 버리오. 도스토예프스키 정신이란 자칫하면 낭비일 것 같소. 위고를 불란서의 빵 한 조각이라고는 누가 그랬는지 지언(至言)인 듯싶소. 그러나 인생 혹은 그

---

2 깨달음에 도달하기 위하여 몸, 입, 뜻으로 행하는 모든 선행.
3 가볍고 편하거나 손쉽고 편리하다.

모형에 있어서 디테일 때문에 속는다거나 해서야 되겠소? 화를 보지 마오. 부디 그대께 고하는 것이니…….

(테이프가 끊어지면 피가 나오. 생채기도 머지 않아 완치될 줄 믿소. 굿바이.)

감정은 어떤 '포즈'. (그 '포즈'의 원소만을 지적하는 것이 아닌지나 모르겠소.) 그 포즈가 부동자세에까지 고도화할 때 감정은 딱 공급을 정지합데다.

나는 내 비범한 발육을 회고하여 세상을 보는 안목을 규정하였소.

여왕벌과 미망인—세상의 하고많은 여인이 본질적으로 이미 미망인이 아닌 이가 있으리까? 아니, 여인의 전부가 그 일상에 있어서 개개 '미망인'이라는 내 논리가 뜻밖에도 여성에 대한 모독이 되오? 굿바이.

그 삼십삼(三十三) 번지라는 것이 구조가 흡사 유곽[4]이라는 느낌이 없지 않다.

한 번지에 십팔 가구가 죽 어깨를 맞대고 늘어서서 창호가 똑같고 아궁이 모양이 똑같다. 게다가 각 가구에 사는 사람들이 송이송이 꽃과 같이 젊다. 해가 들지 않는다. 해가 드는 것을 그들이 모른 체하는 까닭이다. 턱살 밑에다 철줄을 매고 얼룩진 이부자리를 널어 말린다는 핑계로 미닫이에 해가 드는 것을 막아버린다. 침침한 방 안에서 낮잠들을 잔다. 그들은 밤에는 잠을 자지 않나? 알 수 없다. 나는 밤이나 낮이나 잠만 자느라고 그런 것은 알 길이 없다. 삼십삼 번지 십팔 가구의 낮은 참 조용하다.

조용한 것은 낮뿐이다. 어둑어둑하면 그들은 이부자리를 걷어 들인다. 전등불이 켜진 뒤의 십팔 가구는 낮보다 훨씬 화려하다. 저물도록 미닫

---

4 매음 영업을 하는 집. 또는 그런 집이 모여 있는 곳.

이 여닫는 소리가 잦다. 바빠진다. 여러가지 냄새가 나기 시작한다. 비웃⁵ 굽는 내, 탕고도란⁶ 내, 뜨물 내, 비눗내.

그러나 이런 것들보다도 그들의 문패가 제일로 고개를 끄덕이게 하는 것이다. 이 십팔 가구를 대표하는 대문이라는 것이 일각이 져서 외따로 떨어지기는 했으나, 있다. 그러나 그것은 한 번도 닫힌 일이 없는 한길이나 마찬가지 대문인 것이다. 온갖 장사치들은 하루 가운데 어느 시간에라도 이 대문을 통하여 드나들 수 있는 것이다. 이네들은 문간에서 두부를 사는 것이 아니라 미닫이를 열고 방에서 두부를 사는 것이다. 이렇게 생긴 삼십삼 번지 대문에 그들 십팔 가구의 문패를 몰아다 붙이는 것은 의미가 없다. 그들은 어느 사이엔가 각 미닫이 위 백인당이니 길상당

---

5 '청어'를 식료품으로 이르는 말.
6 1930년대 당시 유행하던 화장품의 이름.

이니 써붙인 한 곁에다 문패를 붙이는 풍속을 가
져버렸다.

　내 방 미닫이 위 한곁에 칼표 딱지를 넷에다
낸 것만 한 내—아니! 내 아내의 명함이 붙어 있
는 것도 이 풍속을 좇은 것이 아닐 수 없다.

　나는 그러나 그들의 아무와도 놀지 않는다. 놀
지 않을 뿐만 아니라 인사도 않는다. 나는 내 아
내와 인사하는 외에 누구와도 인사하고 싶지 않
았다.

　내 아내 외의 다른 사람과 인사를 하거나 놀거
나 하는 것은 내 아내 낯을 보아 좋지 않은 일인
것만 같이 생각이 되었기 때문이다. 나는 이만큼
까지 내 아내를 소중히 생각한 것이다.

　내가 이렇게까지 내 아내를 소중히 생각한 까
닭은 이 삼십삼 번지 십팔 가구 가운데서 내 아
내가 내 아내의 명함처럼 제일 작고 제일 아름다
운 것을 안 까닭이다. 십팔 가구에 각기 별러 든

송이송이 꽃들 가운데서도 내 아내가 특히 아름다운 한 떨기의 꽃으로 이 함석지붕 밑 볕 안 드는 지역에서 어디까지든지 찬란하였다. 따라서 그런 한 떨기 꽃을 지키고, 아니 그 꽃에 매어달려 사는 나라는 존재가 도무지 형언할 수 없는 거북살스러운 존재가 아닐 수 없었던 것은 물론이다.

나는 어디까지든지 내 방이—집이 아니다. 집은 없다.—마음에 들었다. 방 안의 기온은 내 체온을 위하여 쾌적하였고, 방 안의 침침한 정도가 또한 내 안력을 위하여 쾌적하였다. 나는 내 방 이상의 서늘한 방도 또 따뜻한 방도 희망하지 않았다. 이 이상으로 밝거나 이 이상으로 아늑한 방은 원하지 않았다. 내 방은 나 하나를 위하여 요만한 정도를 꾸준히 지키는 것 같아 늘 내 방에 감사하였고, 나는 또 이런 방을 위하여 이 세상에 태어난 것만 같아서 즐거웠다.

그러나 이것은 행복이라든가 불행이라든가 하는 것을 계산하는 것이 아니었다. 말하자면 나는 내가 행복하다고도 생각할 필요가 없었고, 그렇다고 불행하다고도 생각할 필요가 없었다. 그냥 그날을 그저 까닭 없이 편둥편둥 게으르고만 있으면 만사는 그만이었던 것이다.

　내 몸과 마음에 옷처럼 잘 맞는 방 속에서 딩굴면서, 축 처져 있는 것은 행복이니 불행이니 하는 그런 세속적인 계산을 떠난, 가장 편리하고 안일한, 말하자면 절대적인 상태인 것이다. 나는 이런 상태가 좋았다.

　이 절대적인 내 방은 대문간에서 세어서 똑―일곱째 칸이다. 럭키 세븐의 뜻이 없지 않다. 나는 이 일곱이라는 숫자를 훈장처럼 사랑하였다. 이런 이 방이 가운데 장지로 말미암아 두 칸으로 나뉘어 있었다는 그것이 내 운명의 상징이었던 것을 누가 알랴?

　아랫방은 그래도 해가 든다. 아침결에 책보만

한 해가 들었다가 오후에 손수건만 해지면서 나가버린다. 해가 영영 들지 않는 윗방이 즉 내 방인 것은 말할 것도 없다. 이렇게 볕 드는 방이 아내 방이요, 볕 안 드는 방이 내 방이요, 하고 아내와 나 둘 중에 누가 정했는지 나는 기억하지 못한다. 그러나 나에게는 불평이 없다.

아내가 외출만 하면 나는 얼른 아랫방으로 와서 그 동쪽으로 난 들창을 열어놓고, 열어놓으면 들이비치는 햇살이 아내의 화장대를 비쳐 가지각색 병들이 아롱지면서 찬란하게 빛나고, 이렇게 빛나는 것을 보는 것은 다시없는 내 오락이다. 나는 조그만 돋보기를 꺼내가지고 아내만이 사용하는 지리가미를 그을려가면서 불장난을 하고 논다. 평행광선을 굴절시켜서 한 초점에 모아가지고 그 초점이 따끈따끈해지다가, 마지막에는 종이를 그을리기 시작하고, 가느다란 연기를 내면서 드디어 구멍을 뚫어놓는 데까지 이르는, 고 얼마 안 되는 동안의 초조한 맛이 죽고 싶을 만큼 내게는 재미있었다.

이 장난이 싫증이 나면 나는 또 아내의 손잡이 거울을 가지고 여러 가지로 논다. 거울이란 제 얼굴을 비칠 때만 실용품이다. 그 외의 경우에는 도무지 장난감인 것이다.

이 장난도 곧 싫증이 난다. 나의 유희심은 육체적인 데서 정신적인 데로 비약한다. 나는 거울을 내던지고 아내의 화장대 앞으로 가까이 가서 나란히 늘어놓인 그 가지각색의 화장품 병들을 들여다본다. 고것들은 세상의 무엇보다도 매력적이다. 나는 그중의 하나만을 골라서 가만히 마개를 빼고 병구멍을 내 코에 가져다 대고 숨죽이듯이 가벼운 호흡을 하여본다. 이국적인 센슈얼한 향기가 폐로 스며들면 나는 저절로 스르르 감기는 내 눈을 느낀다. 확실히 아내의 체취의 파편이다. 나는 도로 병마개를 막고 생각해 본다. 아내의 어느 부분에서 요 냄새가 났던가를…… 그러나 그것은 분명하지 않다. 왜? 아내의 체취는 여기 늘어섰는 가지각색 향기의 합계일 것이니까.

아내의 방은 늘 화려하였다. 내 방이 벽에 못한 개 꽂히지 않은 소박한 것인 반대로, 아내 방에는 천장 밑으로 쫙 돌려 못이 박히고, 못마다 화려한 아내의 치마와 저고리가 걸렸다. 여러 가지 무늬가 보기 좋다. 나는 그 여러 조각의 치마에서 늘 아내의 동체(胴體)와 그 동체가 될 수 있는 여러 가지 포즈를 연상하고 연상하면서 내 마음은 늘 점잖지 못하다.

그렇건만 나에게는 옷이 없었다. 아내는 내게 옷을 주지 않았다. 입고 있는 코르덴 양복 한 벌이 내 자리옷이었고 통상복과 나들이옷을 겸한 것이었다. 그리고 하이넥의 스웨터가 한 조각 사철을 통한 내 내의다. 그것들은 하나같이 다 빛이 검다. 그것은 내 짐작 같아서는, 즉 빨래를 될수 있는 데까지 하지 않아도 보기 싫지 않게 하기 위한 것이 아닌가 한다. 나는 허리와 두 가랑

이 세 군데 다 고무밴드가 끼어 있는 부드러운 사루마다7를 입고 그리고 아무 소리 없이 잘 놀았다.

　어느덧 손수건만 해졌던 볕이 나갔는데 아내는 외출에서 돌아오지 않는다. 나는 요만 일에도 좀 피곤하였고 또 아내가 돌아오기 전에 내 방으로 가 있어야 될 것을 생각하고 그만 내 방으로 건너간다. 내 방은 침침하다. 나는 이불을 뒤집어쓰고 낮잠을 잔다. 한 번도 건은 일이 없는 내 이부자리는 내 몸뚱이의 일부분처럼 내게는 참 반갑다. 잠은 잘 오는 적도 있다. 그러나 또 전신이 까칫까칫하면서 영 잠이 오지 않는 적도 있다. 그런 때는 아무 제목으로나 제목을 하나 골라서 연구하였다. 나는 내 좀 축축한 이불 속에서 참 여러 가지 발명도 하였고 논문도 많이 썼

━━━━━
7 일본의 속옷 명칭. 허리에서 허벅지까지 덮는 긴 속옷.

다. 시도 많이 지었다. 그러나 그것들은 내가 잠
이 드는 것과 동시에 내 방에 담겨서 철철 넘치
는 그 흐늑흐늑한 공기에 다 비누처럼 풀어져서
온데간데 없고, 한잠 자고 깬 나는 속이 무명 헝
겊이나 메밀껍질로 띵띵 찬 한 덩어리 베개와도
같은 한 벌 신경이었을 뿐이고 뿐이고 하였다.

　그러기에 나는 빈대가 무엇보다도 싫었다. 그
러나 내 방에서는 겨울에도 몇 마리의 빈대가 끊
이지 않고 나왔다. 내게 근심이 있었다면 오직
이 빈대를 미워하는 근심일 것이다. 나는 빈대에
게 물려서 가려운 자리를 피가 나도록 긁었다.
쓰라리다. 그것은 그윽한 쾌감에 틀림없었다. 나
는 혼곤히 잠이 든다.

　나는 그러나 그런 이불 속의 사색 생활에서도
적극적인 것을 궁리하는 법이 없다. 내게는 그
럴 필요가 대체 없었다. 만일 내가 그런 좀 적극
적인 것을 궁리해 내었을 경우에 나는 반드시 내
아내와 의논하여야 할 것이고, 그러면 반드시 나

는 아내에게 꾸지람을 들을 것이고—나는 꾸지람이 무서웠다기보다는 성가셨다. 내가 제법 한 사람의 사회인의 자격으로 일을 해보는 것도, 아내에게 사설 듣는 것도.

나는 가장 게으른 동물처럼 게으른 것이 좋았다. 될 수만 있으면 이 무의미한 인간의 탈을 벗어버리고도 싶었다.

나에게는 인간 사회가 스스러웠다. 생활이 스스러웠다. 모두가 서먹서먹할 뿐이었다.

아내는 하루에 두 번 세수를 한다. 나는 하루 한 번도 세수를 하지 않는다. 나는 밤중 세 시나 네 시쯤 해서 변소에 갔다. 달이 밝은 밤에는 한참씩 마당에 우두커니 섰다가 들어오곤 한다. 그러니까 나는 이 십팔 가구의 아무와도 얼굴이 마주치는 일이 거의 없다. 그러면서도 나는 이 십팔 가구의 젊은 여인네 얼굴들을 거반 다 기억하고 있었다. 그들은 하나같이 내 아내만 못하였다.

열한 시쯤 해서 하는 아내의 첫 번 세수는 좀 간단하다. 그러나 저녁 일곱 시쯤 해서 하는 두 번째 세수는 손이 많이 간다. 아내는 낮에보다도 밤에 더 좋고 깨끗한 옷을 입는다. 그리고 낮에도 외출하고 밤에도 외출하였다.

아내에게 직업이 있었던가? 나는 아내의 직업이 무엇인지 알 수 없다. 만일 아내에게 직업이 없었다면 같이 직업이 없는 나처럼 외출할 필요가 생기지 않을 것인데―아내는 외출한다. 외출할 뿐만 아니라 내객이 많다. 아내에게 내객이 많은 날은 나는 온종일 내 방에서 이불을 쓰고 누워 있어야만 된다. 불장난도 못 한다. 화장품 냄새도 못 맡는다. 그런 날은 나는 의식적으로 우울해하였다. 그러면 아내는 나에게 돈을 준다. 오십 전짜리 은화다. 나는 그것이 좋았다. 그러나 그것을 무엇에 써야 옳을지 몰라서 늘 머리맡에 던져두고 두고 한 것이 어느 결에 모여서 꽤 많아졌다. 어느 날 이것을 본 아내는 금고처럼 생긴 벙어리를 사다 준다. 나는 한 푼씩 한 푼씩 그 속에 넣고 열쇠는 아내가 가져갔다. 그 후에도 나는 더러 은화를 그 벙어리에 넣은 것을 기억한다. 그리고 나는 게을렀다. 얼마 후 아내의 머리쪽에 보지 못하던 누깔잠이 하나 어드름처럼 돋았던 것은 바로 그 금고형 벙어리의 무게가 가벼워졌다는 증거일까. 그러나 나는 드디어 머리맡에 놓였던 그 벙어리에 손을 대지 않고 말았다. 내 게으름은 그런 것에 내 주의를 환기시키기도 싫었다.

아내에게 내객이 있는 날은 이불 속으로 암만 깊이 들어가도 비 오는 날만큼 잠이 잘 오지 않았다. 나는 그런 때 나에게 왜 늘 돈이 있나 왜 돈이 많은가를 연구했다.

내객들은 장지 저쪽에 내가 있는 것을 모르나 보다. 내 아내와 나도 좀 하기 어려운 농을 아주 서슴지 않고 쉽게 해 던지는 것이다. 그러나 내 아내를 찾은 서너 사람의 내객들은 늘 비교적 점잖았다고 볼 수 있는 것이 자정이 좀 지나면 으레 돌아들 갔다. 그들 가운데에는 퍽 교양이 얕은 자도 있는 듯싶었는데, 그런 자는 보통 음식을 사다 먹고 논다. 그래서 보충을 하고 대체로 무사하였다.

나는 우선 아내의 직업이 무엇인가를 연구하기에 착수하였으나 좁은 시야와 부족한 지식으로는 이것을 알아내기 힘이 든다. 나는 끝끝내 내 아내의 직업이 무엇인가를 모르고 말려나 보다.

아내는 늘 진솔[8] 버선만 신었다. 아내는 밥도 지었다. 아내가 밥을 짓는 것을 나는 한 번도 구경한 일은 없으나 언제든지 끼니때면 내 방으로 내 조석 밥을 날라다 주는 것이다. 우리 집에는 나와 내 아내 외의 다른 사람은 아무도 없다. 이

---

8 옷이나 버선 따위가 한 번도 빨지 않은 새것 그대로인 것.

밥은 분명 아내가 손수 지었음에 틀림없다.

그러나 아내는 한 번도 나를 자기 방으로 부른 일이 없다. 나는 늘 윗방에서 나 혼자서 밥을 먹고 잠을 잤다. 밥은 너무 맛이 없었다. 반찬이 너무 엉성하였다. 나는 닭이나 강아지처럼 말없이 주는 모이를 넙죽넙죽 받아먹기는 했으나 내심 야속하게 생각한 적도 더러 없지 않다. 나는 안색이 여지없이 창백해 가면서 말라 들어갔다. 나날이 눈에 보이듯이 기운이 줄어들었다. 영양 부족으로 하여 몸뚱이 곳곳의 뼈가 불쑥불쑥 내어밀었다. 하룻밤 사이에도 수십 차를 돌쳐눕지 않고는 여기저기가 배겨서 나는 배겨낼 수가 없었다.

그렇기 때문에 나는 내 이불 속에서 아내가 늘 흔히 쓸 수 있는 저 돈의 출처를 탐색해 내는 일변, 장지 틈으로 새어나오는 아랫방의 음성은 무엇일까를 간단히 연구하였다.

나는 잠이 잘 안 왔다.

아내가 쓰는 그 돈은 내게는 다만 실없는 사람
들로밖에 보이지 않는 까닭 모를 내객들이 놓고
가는 것이 틀림없으리라는 것을 깨달았다. 그러
나 왜 그들 내객은 돈을 놓고 가나? 왜 내 아내는
그 돈을 받아야 되나? 하는 예의 관념이 내게는
도무지 알 수 없는 것이었다.

　그것은 그저 예의에 지나지 않는 것일까. 그렇
지 않으면 혹 무슨 대가일까 보수일까. 내 아내
가 그들의 눈에는 동정을 받아야만 할 한 가엾은
인물로 보였던가?

　이런 것들을 생각하노라면 으레 내 머리는 그
냥 혼란하여 버리고 하였다. 잠들기 전에 획득했
다는 결론이 오직 불쾌하다는 것뿐이었으면서
도 나는 그런 것을 아내에게 물어보거나 한 일이
참 한 번도 없다. 그것은 대체 귀찮기도 하려니
와 한잠 자고 일어나는 나는 사뭇 딴사람처럼 이
것도 저것도 다 깨끗이 잊어버리고 그만두는 까
닭이다.

내객들이 돌아가고, 혹 밤 외출에서 돌아오고 하면 아내는 간편한 것으로 옷을 바꾸어 입고 내 방으로 나를 찾아온다. 그리고 이불을 들추고 내 귀에는 영 생동생동한 몇 마디 말로 나를 위로하려 든다. 나는 조소도 고소도 홍소도 아닌 웃음을 얼굴에 띠고 아내의 아름다운 얼굴을 쳐다본다. 아내는 방그레 웃는다. 그러나 그 얼굴에 떠도는 일말의 애수를 나는 놓치지 않는다.

아내는 능히 내가 배고파하는 것을 눈치챌 것이다. 그러나 아랫방에서 먹고 남은 음식을 나에게 주려 들지는 않는다. 그것은 어디까지든지 나를 존경하는 마음일 것임에 틀림없다. 나는 배가 고프면서도 적이 마음이 든든한 것을 좋아했다. 아내가 무엇이라고 지껄이고 갔는지 귀에 남아 있을 리가 없다. 다만 내 머리맡에 아내가 놓고 간 은화가 전등불에 흐릿하게 빛나고 있을 뿐이다.

고 금고형 벙어리 속에 은화가 얼마큼이나 모

였을까? 나는 그러나 그것을 쳐들어 보지 않았다. 그저 아무런 의욕도 기원도 없이 그 단춧구멍처럼 생긴 틈바구니로 은화를 떨어뜨려 둘 뿐이었다.

왜 아내의 내객들이 아내에게 돈을 놓고 가나 하는 것이 풀 수 없는 의문인 것같이, 왜 아내는 나에게 돈을 놓고 가나 하는 것도 역시 나에게는 똑같이 풀 수 없는 의문이었다. 내 비록 아내가 내게 돈을 놓고 가는 것이 싫지 않았다 하더라도 그것은 다만 고것이 내 손가락 닿는 순간에서부터 고 벙어리 주둥이에서 자취를 감추기까지의 하잘것없는 짧은 촉각이 좋았달 뿐이지 그 이상 아무 기쁨도 없다.

어느 날 나는 고 벙어리를 변소에 갖다 넣어 버렸다. 그때 벙어리 속에는 몇 푼이나 되는지 모르겠으나 고 은화들이 꽤 들어 있었다.

나는 내가 지구 위에 살며 내가 이렇게 살고 있는 지구가 질풍신뢰의 속력으로 광대무변의 공간을 달리고 있다는 것을 생각했을 때 참 허망하였다. 나는 이렇게 부지런한 지구 위에서는 현기증도 날 것 같고 해서 한시바삐 내려버리고 싶었다.

이불 속에서 이런 생각을 하고 난 뒤에는 나는 고 은화를 고 벙어리에 넣고 넣고 하는 것조차 귀찮아졌다. 나는 아내가 손수 벙어리를 사용하였으면 하고 생각하였다. 벙어리도 돈도 사실은 아내에게만 필요한 것이지 내게는 애초부터 의미가 전연 없는 것이었으니까 될 수만 있으면 그 벙어리를 아내는 아내 방으로 가져갔으면 하고 기다렸다.

그러나 아내는 가져가지 않는다. 나는 내가 아내 방으로 가져다둘까 하고 생각하여 보았으나 그즈음에는 아내의 내객이 워낙 많아서 내가 아내 방에 가볼 기회가 도무지 없었다. 그래서 나

는 하는 수 없이 변소에 갖다 집어넣어 버리고
만 것이다.

나는 서글픈 마음으로 아내의 꾸지람을 기다
렸다. 그러나 아내는 끝내 아무 말도 하지 않았
다. 않았을 뿐 아니라 여전히 돈은 돈대로 머리
맡에 놓고 가지 않나! 내 머리맡에는 어느덧 은
화가 꽤 많이 모였다.

내객이 아내에게 돈을 놓고 가는 것이나 아내
가 내게 돈을 놓고 가는 것이나 일종의 쾌감—
그 외의 다른 아무런 이유도 없는 것이 아닐까
하는 것을 나는 또 이불 속에서 연구하기 시작하
였다.

쾌감이라면 어떤 종류의 쾌감일까를 계속하
여 연구하였다. 그러나 그것은 이불 속의 연구로
는 알 길이 없었다. 쾌감, 쾌감, 하고 나는 뜻밖에
도 이 문제에 대해서만 흥미를 느꼈다.

아내는 물론 나를 늘 감금하여 두다시피 하여

왔다. 내게 불평이 있을 리 없다. 그런 중에도 나
는 그 쾌감이라는 것의 유무를 체험하고 싶었다.

　나는 아내의 밤 외출 틈을 타서 밖으로 나왔
다. 나는 거리에서 잊어버리지 않고 가지고 나온
은화를 지폐로 바꾼다. 5원이나 된다. 그것을 주
머니에 넣고 나는 목적지를 잃어버리기 위하여
얼마든지 거리를 쏘다녔다. 오래간만에 보는 거
리는 거의 경이에 가까울 만큼 내 신경을 흥분시
키지 않고는 마지않았다. 나는 금시에 피곤하여
버렸다.

　그러나 나는 참았다. 그리고 밤이 이슥하도록
까닭을 잃어버린 채 이 거리 저 거리로 지향 없
이 헤매었다. 돈은 물론 한 푼도 쓰지 않았다. 돈
을 쓸 아무 엄두도 나서지 않았다. 나는 벌써 돈
을 쓰는 기능을 완전히 상실한 것 같았다.

　나는 과연 피로를 이 이상 견디기가 어려웠다.
나는 가까스로 내 집을 찾았다. 나는 내 방으로

가려면 아내 방을 통과하지 않으면 안 될 것을 알고, 아내에게 내객이 있나 없나를 걱정하면서 미닫이 앞에서 좀 거북살스럽게 기침을 한 번 했더니, 이것은 참 또 너무도 암상스럽게 미닫이가 열리면서 아내의 얼굴과 그 등 뒤에 낯선 남자의 얼굴이 이쪽을 내다보는 것이다. 나는 별안간 내어쏟아지는 불빛에 눈이 부셔서 좀 머뭇머뭇했다.

나는 아내의 눈초리를 못 본 것은 아니다. 그러나 나는 모른 체하는 수밖에 없었다.

왜? 나는 어쨌든 아내의 방을 통과하지 아니하면 안 되니까…….

나는 이불을 뒤집어썼다. 무엇보다도 다리가 아파서 견딜 수가 없었다. 이불 속에서는 가슴이 울렁거리면서 암만해도 까무러칠 것만 같았다. 걸을 때는 몰랐더니 숨이 차다. 등에 식은땀이 쭉 내배인다. 나는 외출한 것을 후회하였다. 이런 피로를 잊고 어서 잠이 들었으면 좋겠다. 한잠 잘 자고 싶었다.

얼마 동안이나 비스듬히 엎드려 있었더니 차츰차츰 뚝딱거리는 가슴 동계가 가라앉는다. 그만해도 우선 살 것 같았다. 나는 몸을 들쳐 반듯이 천장을 향하여 눕고 쭈욱 다리를 뻗었다.

그러나 나는 또다시 가슴의 동계를 피할 수 없게 되었다. 아랫방에서 아내와 그 남자의, 내 귀에도 들리지 않을 만큼 낮은 목소리로 소곤거리는 기척이 장지 틈으로 전하여 왔던 것이다. 청각을 더 예민하게 하기 위하여 나는 눈을 떴다. 그리고 숨을 죽였다.

그러나 그때는 벌써 아내와 남자는 앉았던 자리를 툭툭 털고 일어섰고 일어서면서 옷과 모자 쓰는 기척이 나는 듯하더니 이어 미닫이가 열리고 구두 뒤축 소리가 나고 그리고 뜰에 내려서는 소리가 쿵 하고 나면서 뒤를 따르는 아내의 고무신 소리가 두어 발짝 찍찍 나고 사뿐사뿐 나나 하는 사이에 두 사람의 발소리가 대문 쪽으로 사라졌다.

나는 아내의 이런 태도를 본 일이 없다. 아내는 어떤 사람과도 결코 소곤거리는 법이 없다. 나는 윗방에서 이불을 쓰고 누웠는 동안에도 혹 술이 취해서 혀가 잘 돌아가지 않는 내객들의 담화는 더러 놓치는 수가 있어도 아내의 높지도 낮지도 않은 말소리는 일찍이 한마디도 놓쳐본 일이 없다. 더러 내 귀에 거슬리는 소리가 있어도 나는 그것이 태연한 목소리로 내 귀에 들렸다는 이유로 충분히 안심이 되었다.

그렇던 아내의 이런 태도는 필시 그 속에 여간하지 않은 사정이 있는 듯싶이 생각이 되고 내 마음은 좀 서운했으나 그보다도 나는 좀 너무 피로해서 오늘만은 이불 속에서 아무것도 연구하지 않기로 굳게 결심하고 잠을 기다렸다. 잠은 좀처럼 오지 않았다. 대문간에 나간 아내도 좀처럼 들어오지 않았다. 그러는 동안에 흐지부지 나는 잠이 들어버렸다. 꿈이 얼쑹덜쑹 종잡을 수 없는 거리의 풍경을 여전히 헤매었다.

나는 몹시 흔들렸다. 내객을 보내고 들어온 아내가 잠든 나를 잡아 흔드는 것이다. 나는 눈을 번쩍 뜨고 아내의 얼굴을 쳐다보았다. 아내의 얼굴에는 웃음이 없다. 나는 좀 눈을 비비고 아내의 얼굴을 자세히 보았다. 노기가 눈초리에 떠서 얇은 입술이 바르르 떨린다. 좀처럼 이 노기가 풀리기는 어려울 것 같았다. 나는 그대로 눈을 감아버렸다. 벼락이 내리기를 기다린 것이다. 그러나 쌔근하는 숨소리가 나면서 부스스 아내의 치맛자락 소리가 나고 장지가 여닫히며 아내는 아내 방으로 돌아갔다. 나는 다시 몸을 돌쳐 이불을 뒤집어쓰고는 개구리처럼 엎드리고 엎드려서 배가 고픈 가운데도 오늘 밤의 외출을 또 한 번 후회하였다.

나는 이불 속에서 아내에게 사죄하였다. 그것은 네 오해라고…….
나는 사실 밤이 퍽이나 이슥한 줄만 알았던 것

이다. 그것이 네 말마따나 자정 전인지는 정말이
지 꿈에도 몰랐다. 나는 너무 피곤하였다. 오래
간만에 나는 너무 많이 걸은 것이 잘못이다. 내
잘못이라면 잘못은 그것밖에 없다.

외출은 왜 하였더냐고? 나는 그 머리맡에 저
절로 모인 5원 돈을 아무에게라도 좋으니 주어
보고 싶었던 것이다. 그뿐이다. 그러나 그것도
내 잘못이라면 나는 그렇게 알겠다. 나는 후회하
고 있지 않나?

내가 그 5원 돈을 써버릴 수가 있었던들 나는
자정 안에 집에 돌아올 수 없었을 것이다. 그러나
거리는 너무 복잡하였고 사람은 너무도 들끓었
다. 나는 어느 사람을 붙들고 그 5원 돈을 내어주
어야 할지 갈피를 잡을 수가 없었다. 그러는 동안
에 나는 여지없이 피곤해 버리고 말았던 것이다.

나는 무엇보다도 좀 쉬고 싶었다. 눕고 싶었
다. 그래서 나는 하는 수 없이 집으로 돌아온 것이
다. 내 짐작 같아서는 밤이 어지간히 늦은 줄

만 알았는데, 그것이 불행히도 자정 전이었다는 것은 참 안된 일이다. 미안한 일이다. 나는 얼마든지 사죄하여도 좋다. 그러나 종시 아내의 오해를 풀지 못하였다 하면 내가 이렇게까지 사죄하는 보람은 그럼 어디 있나? 한심하였다.

한 시간 동안을 나는 이렇게 초조하게 굴지 않으면 안 되었다. 나는 이불을 홱 젖혀버리고 일어나서 장지를 열고 아내 방으로 비칠비칠 달려갔던 것이다. 내게는 거의 의식이라는 것이 없었다. 나는 아내 이불 위에 엎드러지면서 바지 포켓 속에서 그 돈 5원을 꺼내 아내 손에 쥐여준 것을 간신히 기억할 뿐이다.

이튿날 잠이 깨었을 때 나는 내 아내 방 아내 이불 속에 있었다. 이것이 이 삼십삼 번지에서 살기 시작한 이래 내가 아내 방에서 잔 맨 처음이었다.

해가 들창에 훨씬 높았는데 아내는 이미 외출

하고 벌써 내 곁에 있지는 않다. 아니! 아내는 엊저녁 내가 의식을 잃은 동안에 외출한 것인지도 모른다. 그러나 나는 그런 것을 조사하고 싶지 않았다. 다만 전신이 찌뿌드드한 것이 손가락 하나 꼼짝할 힘조차 없었다. 책보보다 좀 작은 면적의 볕이 눈이 부시다. 그 속에서 수없는 먼지가 흡사 미생물처럼 난무한다. 코가 콱 막히는 것 같다. 나는 다시 눈을 감고 이불을 폭 뒤집어쓰고 낮잠을 자기에 착수하였다. 그러나 코를 스치는 아내의 체취는 꽤 도발적이었다. 나는 몸을 여러 번 여러 번 비비 꼬면서 아내의 화장대에 늘어선 고 가지각색 화장품 병들의 마개를 뽑았을 때 풍기는 냄새를 더듬느라고 좀처럼 잠은 들지 않는 것을 어찌하는 수도 없었다.

견디다 못하여 나는 그만 이불을 걷어차고 벌떡 일어나서 내 방으로 갔다. 내 방에는 다 식어 빠진 내 끼니가 가지런히 놓여 있는 것이다. 아내는 내 모이를 여기다 두고 나간 것이다. 나는 우선 배가 고팠다. 한 숟갈을 입에 떠 넣었을 때 그 촉감은 참 너무도 냉회와 같이 써늘하였다. 나는 숟갈을 놓고 내 이불 속으로 들어갔다. 하룻밤을 비었던 내 이부자리는 여전히 반갑게 나를 맞아준다. 나는 내 이불을 뒤집어쓰고 이번에는 참 늘어지게 한잠 잤다. 잘—.

내가 잠을 깬 것은 전등이 켜진 뒤다. 그러나 아내는 아직도 돌아오지 않았나 보다. 아니! 돌아왔다 또 나갔는지 알 수 없다. 그러나 그런 것을 삼고하여 무엇 하나?

정신이 한결 난다. 나는 지난밤 일을 생각해 보았다. 그 돈 5원을 아내 손에 쥐여주고 넘어졌을 때에 느낄 수 있었던 쾌감을 나는 무엇이라고 설명할 수가 없었다. 그러나 내객들이 내 아내에게 돈 놓고 가는 심리며 내 아내가 내게 돈 놓고 가는 심리의 비밀을 나는 알아낸 것 같아서 여간 즐거운 것이 아니다. 나는 속으로 빙그레 웃어보았다. 이런 것을 모르고 오늘까지 지내온 내 자신이 어떻게 우스꽝스럽게 보이는지 몰랐다. 나는 어깨춤이 났다.

따라서 나는 또 오늘 밤에도 외출하고 싶었다. 그러나 돈이 없다. 나는 또 엊저녁에 그 돈 5원을 한꺼번에 아내에게 주어버린 것을 후회하였다. 또 고 벙어리를 변소에 갖다 처넣어 버린 것도 후회하였다. 나는 실없이 실망하면서 습관처럼 그 돈 5원이 들어 있던 내 바지 포켓에 손을 넣어 한번 휘둘러보았다. 뜻밖에도 내 손에 쥐어지는 것이 있었다. 2원밖에 없다. 그러나 많아야 맛은 아니다. 얼마간이고 있으면 된다. 나는 그만한 것이 여간 고마운 것이 아니었다.

나는 기운을 얻었다. 나는 그 단벌 다 떨어진 코르덴 양복을 걸치고 배고픈 것도 주제 사나운 것도 다 잊어버리고 활갯짓을 하면서 또 거리로 나섰다. 나서면서 나는 제발 시간이 화살 단 듯해서 자정이 어서 홱 지나버렸으면 하고 조바심을 태웠다. 아내에게 돈을 주고 아내 방에서 자보는 것은 어디까지든지 좋았지만 만일 잘못해서 자정 전에 집에 들어갔다가 아내의 눈총을 맞는 것은 그것은 여간 무서운 일이 아니었다. 나는 저물도록 길가 시계를 들여다보고 들여다보고 하면서 또 지향 없이 거리를 방황하였다. 그러나 이날은 좀처럼 피곤하지는 않다. 다만 시간이 좀 너무 더디게 가는 것만 같아서 안타까웠다.

경성역 시계가 확실히 자정을 지난 것을 본 뒤에 나는 집을 향하였다. 그날은 그 일각 대문에서 아내와 아내의 남자가 이야기하고 섰는 것을 만났다. 나는 모른 체하고 두 사람 곁을 지나서 내 방으로 들어갔다. 뒤이어 아내도 들어왔다. 와서는 이 밤중에 평생 안 하던 쓰레질을 하는 것이었다. 조금 있다가 아내가 눕는 기척을 엿보자마자 나는 또 장지를 열고 아내 방으로 가서 그 돈 2원을 아내 손에 덥석 쥐여주고 그리고—하여간 그 2원을 오늘 밤에도 쓰지 않고 도로 가

져온 것이 참 이상하다는 듯이 아내는 내 얼굴을
몇 번이고 엿보고—아내는 드디어 아무 말도 없
이 나를 자기 방에 재워주었다. 나는 이 기쁨을
세상의 무엇과도 바꾸고 싶지는 않았다. 나는 편
히 잘 잤다.

이튿날도 내가 잠이 깨었을 때는 아내는 보이
지 않았다. 나는 또 내 방으로 가서 피곤한 몸으
로 낮잠을 잤다.

내가 아내에게 흔들려 깨었을 때는 역시 불이
들어온 뒤였다. 아내는 자기 방으로 나를 오라는
것이다. 이런 일은 또 처음이다. 아내는 끊임없
이 얼굴에 미소를 띠고 내 팔을 이끄는 것이다.
나는 이런 아내의 태도 이면에 엔간치 않은 음모
가 숨어 있지나 않은가 하고 적이 불안을 느끼지
않을 수 없었다.

나는 아내의 하자는 대로 아내의 방으로 끌려
갔다. 아내 방에는 저녁 밥상이 조촐하게 차려져

있는 것이다. 생각하여 보면 나는 이틀을 굶었다. 나는 지금 배고픈 것까지도 긴가민가 잊어버리고 어름어름하던 차다.

나는 생각하였다. 이 최후의 만찬을 먹고 나자마자 벼락이 내려도 나는 차라리 후회하지 않을 것을. 사실 나는 인간 세상이 너무나 심심해서 못 견디겠던 차다. 모든 것이 성가시고 귀찮았으나 그러나 불의의 재난이라는 것은 즐겁다.

나는 마음을 턱 놓고 조용히 아내와 마주 이 해괴한 저녁밥을 먹었다. 우리 부부는 이야기하는 법이 없었다. 밥을 먹은 뒤에도 나는 말이 없이 부스스 일어나서 내 방으로 건너가 버렸다. 아내는 나를 붙잡지 않았다. 나는 벽에 기대어 앉아서 담배를 한 대 피워 물고 그리고 벼락이 떨어질 테거든 어서 떨어져라 하고 기다렸다.

오 분! 십 분!

그러나 벼락은 내리지 않았다. 긴장이 차츰 풀어지기 시작한다. 나는 어느덧 오늘 밤에도 외출

45

할 것을 생각하고 있었다. 돈이 있었으면 하고
생각하고 있었다.

그러나 돈은 확실히 없다. 오늘은 외출하여도
나중에 올 무슨 기쁨이 있나? 내 앞이 그저 아뜩
하였다. 나는 화가 나서 이불을 뒤집어쓰고 이리
뒹굴 저리 뒹굴 굴렀다. 금시 먹은 밥이 목으로
자꾸 치밀어 올라온다. 메스꺼웠다.

하늘에서 얼마라도 좋으니 왜 지폐가 소낙비
처럼 퍼붓지 않나? 그것이 그저 한없이 야속하
고 슬펐다. 나는 이렇게밖에 돈을 구하는 아무런
방법도 알지는 못했다. 나는 이불 속에서 좀 울
었나 보다. 왜 돈이 없느냐면서…….

그랬더니 아내가 또 내 방에를 왔다. 나는 깜
짝 놀라 아마 이제서야 벼락이 내리려나 보다 하
고 숨을 죽이고 두꺼비 모양으로 엎드려 있었다.
그러나 떨어진 입을 새어나오는 아내의 말소리
는 참 부드러웠다. 정다웠다. 아내는 내가 왜 우

는지를 안다는 것이다. 돈이 없어서 그러는 게 아니냐 그런다. 나는 실없이 깜짝 놀랐다. 어떻게 사람의 속을 환하게 들여다보는고 해서 나는 한편으로 슬그머니 겁도 안 나는 것은 아니었으나 저렇게 말하는 것을 보면 아마 내게 돈을 줄 생각이 있나 보다, 만일 그렇다면 오죽이나 좋은 일일까. 나는 이불 속에 뚤뚤 말린 채 고개도 들지 않고 아내의 다음 거동을 기다리고 있으니까 '옛소' 하고 내 머리맡에 내려뜨리는 것은 그 가뿐한 음향으로 보아 지폐에 틀림없었다. 그리고 내 귀에다 대고 오늘일랑 어제보다도 늦게 돌아와도 좋다고 속삭이는 것이다. 그것은 어렵지 않다. 우선 그 돈이 무엇보다도 고맙고 반가웠다.

어쨌든 나섰다. 나는 좀 야맹증이다. 그래서 될 수 있는 대로 밝은 거리로 돌아다니기로 했다. 그리고는 경성역 일이등 대합실 한겯 티룸에 들렀다. 그것은 내게는 큰 발견이었다. 거기는 우선 아무도 아는 사람이 안 온다. 설사 왔다

가도 곧 돌아가니까 좋다. 나는 날마다 여기 와서 시간을 보내리라 속으로 생각하여 두었다. 제일 여기 시계가 어느 시계보다도 정확하리라는 것이 좋았다. 섣불리 서투른 시계를 보고 그것을 믿고 시간 전에 집에 돌아갔다가 큰코다쳐서는 안 된다.

나는 한 박스에 아무것도 없는 것과 마주 앉아서 잘 끓은 커피를 마셨다. 총총한 가운데 여객들은 그래도 한 잔 커피가 즐거운가 보다. 얼른 얼른 마시고 무얼 좀 생각하는 것같이 담벼락도 좀 쳐다보고 하다가 곧 나가버린다. 서글프다. 그러나 내게는 이 서글픈 분위기가 거리의 티룸들의 그 거추장스러운 분위기보다는 절실하고 마음에 들었다. 이따금 들리는 날카로운 혹은 우렁찬 기적 소리가 모차르트보다도 더 가깝다.

나는 메뉴에 적힌 몇 가지 안 되는 음식 이름을 치읽고 내리읽고 여러 번 읽었다. 그것들은 아물아물하는 것이 어딘가 내 어렸을 때 동무들 이름과 비슷한 데가 있었다.

거기서 얼마나 내가 오래 앉았는지 정신이 오락가락하는 중에 객이 슬며시 뜸해지면서 이 구석 저 구석 걷어치우기 시작하는 것을 보면 아마 닫는 시간이 된 모양이다. 열한 시가 좀 지났구나, 여기도 결코 내 안주할 곳은 아니구나, 어디 가서 자정을 넘길까? 두루 걱정을 하면서 나는 밖으로 나섰다. 비가 온다.

빗발이 제법 굵은 것이 우비도 우산도 없는 나를 고생을 시킬 작정이다. 그렇다고 이런 괴이한 풍모를 차리고 이 홀에서 어물어물하는 수도 없고 '에이, 비를 맞으면 맞았지'하고 그냥 나서버렸다.

대단히 선선해서 견딜 수가 없다. 코르덴 옷이 젖기 시작하더니 나중에는 속속들이 스며들면서 추근거린다. 비를 맞아가면서라도 견딜 수 있는 데까지 거리를 돌아다녀서 시간을 보내려 하였으나, 인제는 선선해서 이 이상은 더 견딜 수가 없다. 오한이 자꾸 일어나면서 이가 딱딱 맞부딪는다.

나는 걸음을 재우치면서 생각하였다. 오늘 같은 궂은 날도 아내에게 내객이 있을라구? 없겠지, 하는 생각이 드는 것이다. 집으로 가야겠다. 아내에게 불행히 내객이 있거든 내 사정을 하리라. 사정을 하면 이렇게 비가 오는 것을 눈으로 보고 알아주겠지.

부리나케 와보니까 그러나 아내에게는 내객이 있었다. 나는 너무 춥고 척척해서 얼떨결에 노크하는 것을 잊었다. 그래서 나는 보면 아내가 덜 좋아할 것을 그만 보았다. 나는 갑발자국 같은 발자국을 내면서 덤벙덤벙 아내 방을 디디고 내 방으로 가서 쭉 빠진 옷을 활활 벗어버리고 이불을 뒤썼다. 덜덜덜덜 떨린다. 오한이 점점 더 심해 들어온다. 여전 땅이 꺼져 들어가는 것만 같았다. 나는 그만 의식을 잃어버리고 말았다.

이튿날 내가 눈을 떴을 때 아내는 내 머리맡에 앉아서 제법 근심스러운 얼굴이다. 나는 감기가 들었다. 여전히 으스스 춥고 또 골치가 아프고 입에 군침이 도는 것이 쏩쓸하면서 다리팔이 척 늘어져서 노곤하다.

　아내는 내 머리를 쓱 짚어보더니 약을 먹어야지 한다. 아내 손이 이마에 선뜻한 것을 보면 신열이 어지간한 모양인데, 약을 먹는다면 해열제를 먹어야지 하고 속생각을 하자니까 아내는 따뜻한 물에 하얀 정제약 네 개를 준다. 이것을 먹고 한잠 푹 자고 나면 괜찮다는 것이다. 나는 널름 받아먹었다. 쌉싸름한 것이 짐작 같아서는 아마 아스피린인가 싶다. 나는 다시 이불을 쓰고 단번에 그냥 죽은 것처럼 잠이 들어버렸다.

　나는 콧물을 훌쩍훌쩍하면서 여러 날을 앓았다. 앓는 동안에 끊이지 않고 그 정제약을 먹었다. 그러는 동안에 감기도 나았다. 그러나 입맛은 여전히 소태처럼 썼다.

나는 차츰 또 외출하고 싶은 생각이 났다. 그러나 아내는 나더러 외출하지 말라고 이르는 것이다. 이 약을 날마다 먹고 그리고 가만히 누워 있으라는 것이다. 공연히 외출을 하다가 이렇게 감기가 들어서 저를 고생시키는게 아니냐 그런다. 그도 그렇다. 그럼 외출을 하지 않겠다고 맹세하고 그 약을 연복하여 몸을 좀 보해보리라고 나는 생각하였다.

나는 날마다 이불을 뒤집어쓰고 밤이나 낮이나 잤다. 유난스럽게 밤이나 낮이나 졸려서 견딜 수가 없는 것이다. 나는 이렇게 잠이 자꾸만 오는 것은 내가 몸이 훨씬 튼튼해진 증거라고 굳게 믿었다.

나는 아마 한 달이나 이렇게 지냈나 보다. 내 머리와 수염이 좀 너무 자라서 훗훗해서 견딜 수가 없어서 내 거울을 좀 보리라고 아내가 외출한 틈을 타서 나는 아내 방으로 가서 아내의 화장대 앞에 앉아보았다. 상당하다. 수염과 머리가 참 산란하였다. 오늘은 이발을 좀 하리라고 생각하고 겸사겸사 고 화장품 병들 마개를 뽑고 이것저것 맡아보았다. 한동안 잊어버렸던 향기 가운데서는 몸이 배배 꼬일 것 같은 체취가 전해 나왔다. 나는 아내의 이름을 속으로만 한번 불러보았다. "연심이!" 하고…….

오래간만에 돋보기 장난도 하였다. 거울 장난도 하였다. 창에 든 볕이 여간 따뜻한 것이 아니었다. 생각하면 오월이 아니냐.

나는 커다랗게 기지개를 한번 켜보고 아내 베개를 내려 베고 벌떡 자빠져서는 이렇게도 편안하고 즐거운 세월을 하느님께 흠씬 자랑하여 주고 싶었다. 나는 참 세상의 아무것과도 교섭을 가지지 않는다. 하느님도 아마 나를 칭찬할 수도 처벌할 수도 없는 것 같다.

그러나 다음 순간 실로 세상에도 이상스러운 것이 눈에 띄었다. 그것은 최면약 아달린 갑이었다. 나는 그것을 아내의 화장대 밑에서 발견하고 그것이 흡사 아스피린처럼 생겼다고 느꼈다. 나는 그것을 열어보았다. 꼭 네 개가 비었다.

나는 오늘 아침에 네 개의 아스피린을 먹은 것을 기억하고 있었다. 나는 잤다. 어제도 그제도 _그끄제도_…… 나는 졸려서 견딜 수가 없었다. 나는 감기가 다 나았는데도 아내는 내게 아스피린을 주었다. 내가 잠이 든 동안에 이웃에 불이 난 일이 있다. 그때에도 나는 자느라고 몰랐다. 이렇게 나는 잤다. 나는 아스피린으로 알고 그럼 한 달 동안을 두고 아달린을 먹어온 것이다.

이것은 좀 너무 심하다.

별안간 아뜩하더니 하마터면 나는 까무러칠 뻔하였다. 나는 그 아달린을 주머니에 넣고 집을 나섰다. 그리고 산을 찾아 올라갔다. 인간 세상의 아무것도 보기가 싫었던 것이다. 걸으면서 나는 아무쪼록 아내에 관계되는 일은 일체 생각하지 않도록 노력하였다. 길에서 까무러치기 쉬우니까. 나는 어디라도 양지가 바른 자리를 하나

골라 자리를 잡아가지고 서서히 아내에 관하여 연구할 작정이었다. 나는 길가의 돌 장판, 구경도 못 하고 진 개나리꽃, 종달새, 돌멩이도 새끼를 까는 이야기, 이런 것만 생각하였다. 다행히 길가에서 나는 졸도하지 않았다.

거기는 벤치가 있었다. 나는 거기 정좌하고 그리고 그 아스피린과 아달린에 관하여 연구하였다. 그러나 머리가 도무지 혼란하여 생각이 체계를 이루지 않는다. 단 오 분이 못 가서 나는 그만 귀찮은 생각이 번쩍 들면서 심술이 났다. 나는 주머니에서 가지고 온 아달린을 꺼내 남은 여섯 개를 한꺼번에 질경질경 씹어 먹어 버렸다. 맛이 익살맞다. 그리고 나서 나는 그 벤치 위에 가로 기다랗게 누웠다. 무슨 생각으로 내가 그따위 짓을 했나, 알 수가 없다. 그저 그러고 싶었다. 나는 게서 그냥 깊이 잠이 들었다. 잠결에도 바위틈으로 흐르는 물소리가 졸졸 하고 언제까지나 귀에 어렴풋이 들려왔다.

내가 잠을 깨었을 때는 날이 환히 밝은 뒤다. 나는 거기서 일주야를 잔 것이다. 풍경이 그냥 노오랗게 보인다. 그 속에서도 나는 번개처럼 아스피린과 아달린이 생각났다.

아스피린, 아달린, 아스피린, 아달린, 마르크, 맬서스, 마도로스, 아스피린, 아달린.

아내는 한 달 동안 아달린을 아스피린이라고 속이고 내게 먹였다. 그것은 아내 방에서 이 아달린 갑이 발견된 것으로 미루어 증거가 너무나 확실하다.

무슨 목적으로 아내는 나를 밤이나 낮이나 재웠어야 됐나?

나를 밤이나 낮이나 재워놓고, 그리고 아내는 내가 자는 동안에 무슨 짓을 했나?

나를 조금씩 조금씩 죽이려던 것일까?

그러나 또 생각하여 보면 내가 한 달을 두고 먹어 온 것이 아스피린이었는지도 모른다. 아내는 무슨 근심되는 일이 있어서 밤이면 잠이 잘 오지 않아서 정작 아내가 아달린을 사용한 것이나 아닌지? 그렇다면 나는 참 미안하다. 나는 아내에게 이렇게 큰 의혹을 가졌다는 것이 참 안됐다.

나는 그래서 부리나케 거기서 내려왔다. 아랫도리가 홰홰 내어 저이면서 어쩔어쩔한 것을 나는 겨우 집을 향하여 걸었다. 여덟 시 가까이였다.

나는 내 잘못된 생각을 죄다 일러바치고 아내에게 사죄하려는 것이다. 나는 너무 급해서 그만 또 말을 잊어버렸다.

그랬더니 이건 참 큰일 났다. 나는 내 눈으로 절대로 보아서 안 될 것을 그만 딱 보아버리고만 것이다.

나는 얼떨결에 그만 냉큼 미닫이를 닫고 그리고 현기증이 나는 것을 진정시키느라고 잠깐 고개를 숙이고 눈을 감고 기둥을 짚고 섰자니까, 일 초 여유도 없이 확 미닫이가 다시 열리더니 매무새를 풀어 헤친 아내가 불쑥 내밀면서 내 멱살을 잡는 것이다. 나는 그만 어지러워서 그냥 나둥그러졌다. 그랬더니 아내는 넘어진 내 위에 덮치면서 내 살을 함부로 물어뜯는 것이다. 아파 죽겠다. 나는 사실 반항할 의사도 힘도 없어서 그냥 넙적 엎드려 있으면서 어떻게 되나 보고 있자니까, 뒤이어 남자가 나오는 것 같더니 아내를 한아름에 덥석 안아가지고 방으로 들어가는 것이다. 아내는 아무 말 없이 다소곳이 그렇게 안겨 들어가는 것이 내 눈에 여간 미운 것이 아니다. 밉다.

아내는 너 밤새워 가면서 도둑질하러 다니느냐, 계집질하러 다니느냐고 발악이다. 이것은 참 너무 억울하다. 나는 어안이 벙벙하여 도무지 입이 떨어지지를 않았다.

너는 그야말로 나를 살해하려던 것이 아니냐고 소리를 한번 꽥 질러보고도 싶었으나, 그런 긴가민가한 소리를 섣불리 입 밖에 내었다가는 무슨 화를 볼는지 알 수 없다. 차라리 억울하지만 잠자코 있는 것이 우선 상책인 듯싶이 생각이 들길래, 나는 이것은 또 무슨 생각으로 그랬는지 모르지만 툭툭 털고 일어나서 내 바지 포켓 속에 남은 돈 몇 원 몇십 전을 가만히 꺼내서는 몰래 미닫이를 열고 살며시 문지방 밑에다 놓고 나서는 그냥 줄달음질을 쳐서 나와버렸다.

여러 번 자동차에 치일 뻔하면서 나는 그래도 경성역으로 찾아갔다. 빈자리와 마주 앉아서 이 쓰디쓴 입맛을 거두기 위하여 무엇으로나 입가심을 하고 싶었다.

커피! 좋다. 그러나 경성역 홀에 한 걸음 들여 놓았을 때 나는 내 주머니에는 돈이 한 푼도 없는 것을 그것을 깜박 잊었던 것을 깨달았다. 또 아뜩하였다. 나는 어디선가 그저 맥없이 머뭇머뭇하면서 어쩔 줄을 모를 뿐이었다. 얼빠진 사람처럼 그저 이리 갔다 저리 갔다 하면서…….

나는 어디로 어디로 들입다 쏘다녔는지 하나도 모른다. 다만 몇 시간 후에 내가 미쓰코시 옥상에 있는 것을 깨달았을 때는 거의 대낮이었다.

나는 거기 아무 데나 주저앉아서 내 자라온

스물여섯 해를 회고하여 보았다. 몽롱한 기억 속에서는 이렇다 할 아무 제목도 붙거져 나오지 않았다.

나는 또 내 자신에게 물어보았다. 너는 인생에 무슨 욕심이 있느냐고, 그러나 있다고도 없다고도 그런 대답은 하기가 싫었다. 나는 거의 나 자신의 존재를 인식하기조차도 어려웠다.

허리를 굽혀서 나는 그저 금붕어를 들여다보고 있었다. 금붕어는 참 잘들도 생겼다. 작은 놈은 작은 놈대로 큰 놈은 큰 놈대로 다 싱싱하니 보기 좋았다. 내리비치는 오월 햇살에 금붕어들은 그릇 바탕에 그림자를 내려뜨렸다. 지느러미는 하늘하늘 손수건을 흔드는 흉내를 낸다. 나는 이 지느러미 수효를 헤어보기도 하면서 굽힌 허리를 좀처럼 펴지 않았다. 등이 따뜻하다.

나는 또 회탁[9]의 거리를 내려다보았다. 거기

9 회색의 탁한 빛깔.

서는 피곤한 생활이 똑 금붕어 지느러미처럼 흐늘흐늘 허우적거렸다. 눈에 보이지 않는 끈적끈적한 줄에 엉켜서 헤어나지들을 못한다. 나는 피로와 공복 때문에 무너져 들어가는 몸뚱이를 끌고 그 회탁의 거리 속으로 섞여 가지 않는 수도 없다 생각하였다.

나서서 나는 또 문득 생각하여 보았다. 이 발길이 지금 어디로 향하여 가는 것인가를…….

그때 내 눈앞에는 아내의 모가지가 벼락처럼 내려 떨어졌다. 아스피린과 아달린.

우리들은 서로 오해하고 있느니라. 설마 아내가 아스피린 대신에 아달린의 정량을 나에게 먹여왔을까? 나는 그것을 믿을 수는 없다. 아내가 대체 그럴 까닭이 없을 것이니, 그러면 나는 날밤을 새면서 도둑질을 계집질을 하였나? 정말이지 아니다.

우리 부부는 숙명적으로 발이 맞지 않는 절름발이인 것이다. 나나 아내나 제 거동에 로직을

붙일 필요는 없다. 변해할 필요도 없다. 사실은 사실대로 오해는 오해대로 그저 끝없이 발을 절뚝거리면서 세상을 걸어가면 되는 것이다. 그렇지 않을까?

그러나 나는 이 발길이 아내에게로 돌아가야 옳은가 이것만은 분간하기가 좀 어려웠다. 가야 하나? 그럼 어디로 가나?

이때 뚜— 하고 정오 사이렌이 울었다. 사람들은 모두 제 활개를 펴고 닭처럼 푸드덕거리는 것 같고 온갖 유리와 강철과 대리석과 지폐와 잉크가 부글부글 끓고 수선을 떨고 하는 것 같은 찰나, 그야말로 현란을 극한 정오다.

나는 불현듯 겨드랑이가 가렵다. 아하, 그것은 내 인공의 날개가 돋았던 자국이다. 오늘은 없는 이 날개. 머릿속에서는 희망과 야심이 말소된 페이지가 딕셔너리 넘어가듯 번뜩였다.

나는 걷던 걸음을 멈추고 그리고 일어나 어디 한번 이렇게 외쳐보고 싶었다.

날개야 다시 돋아라.

날자. 날자. 날자. 한 번만 더 날자꾸나.

한 번만 더 날아보자꾸나.

권태

1

어서…… 차라리 어두워버리기나 했으면 좋
겠는데…… 벽촌의 여름날은 지루해서 죽겠을
만큼 길다.

동에 팔봉산, 곡선은 왜 저리도 굴곡이 없이
단조로운고?

서를 보아도 벌판, 남을 보아도 벌판, 북을 보
아도 벌판, 아, 이 벌판은 어쩌라고 이렇게 한이
없이 늘어놓였을꼬? 어쩌자고 저렇게 똑같이 초
록색 하나로 돼먹었노?

농가가 가운데 길 하나를 두고 좌우로 한 십여
호씩 있다. 휘청거리는 소나무 기둥, 흙을 주물
러 바른 벽, 강낭대로 둘러싼 울타리, 울타리를
덮은 호박덩굴, 모두가 그게 그것같이 똑같다.

어제 보던 맵싸리나무, 오늘도 보는 김 서방,
내일도 보아야 할 흰둥이 검둥이.

해는 100도 가까운 볕을 지붕에도 벌판에도

뽕나무에도 암탉 꼬랑지에도 내리쬔다. 아침이
나 저녁이나 뜨거우며 견딜 수가 없는 염서(炎
署) 계속이다.

나는 아침을 먹었다. 할 일이 없다. 그러나 무
작정 널따란 백지 같은 '오늘'이라는 것이 내 앞
에 펼쳐져 있으면서 무슨 기사(記事)라도 좋으니
강요한다. 나는 무엇이고 하지 않으면 안 된다.
무엇을 해야 할 것인가 연구해야 한다. 그럼 나
는 최 서방네 집 사랑 툇마루로 장기나 두러 갈
까. 그것 좋다.

최 서방은 들에 나갔다. 최 서방네 사랑에는
아무도 없나 보다. 최 서방의 조카가 낮잠을 잔
다. 아하, 내가 아침을 먹은 것은 10시나 지난 후
니까 최 서방의 조카로서는 낮잠 잘 시간에 틀림
없다.

나는 최 서방의 조카를 깨워가지고 장기를 한
판 벌이기로 한다. 최 서방의 조카와 열 번 두면
열 번을 내가 이긴다. 최 서방의 조카로서는 그러

니까 나와 장기 둔다는 것 그것부터가 권태다. 밤
낮 두어야 마찬가질 바에 안 두는 것이 차라리 낫
지. 그러나 안 두면 또 무엇을 하나? 둘밖에 없다.

지는 것도 권태이거늘 이기는 것이 어찌 권태
아닐 수 있으랴? 열 번 두어서 열 번 내리 이기는
장난이란 열 번 지는 이상으로 싱거운 장난이다.
나는 참 싱거워서 참을 수가 없다.

한번쯤 져주리라. 나는 한참 생각하는 체하다
가 슬그머니 위험한 자리에 장기 조각을 갖다 놓
는다. 최 서방의 조카는 하품을 쓱 한번 하더니
이윽고 둔다는 것이 딴전이다. 으레 질 것이니까
골치 아프게 수를 보고 어쩌고 하기도 싫다는 사
상이리라. 아무렇게나 생각나는 대로 장기를 갖
다 놓고는 그저 얼른얼른 끝을 내어 져줄 만큼은
져주면 이 상승장군(常勝將軍)은 이 압도적인 권
태를 이기지 못해 세출물에[1] 가버리겠지 하는 사

<hr />

1 저 혼자서 절로.

상이리라.

나는 부득이 또 이긴다. 인제 그만 두잔다. 물론 그만 두는 수밖에 없다.

일부러 져준다는 것조차가 어려운 일이다. 나는 왜 저 최 서방의 조카처럼 아주 영영 방심 상태가 되어버릴 수가 없나? 이 질식할 것 같은 권태 속에서도 사세(些細)[2]한 승부에 구속을 받나? 아주 바보가 되는 수는 없나?

내게 남아 있는 이 치사스러운 인간 이욕[3]이 다시없이 밉다. 나는 이 마지막 것을 면해야 한다. 권태를 인식하는 신경마저 버리고 완전히 허탈해 버려야 한다.

---

2 보잘것없이 작거나 적다.
3 사사로운 이익을 탐내는 욕심.

2

나는 개울가로 간다. 가물로 하여 너무나 빈약한 물이 소리 없이 흐른다. 뼈처럼 앙상한 물줄기가 왜 소리를 치지 않나?

너무 덥다. 나뭇잎들이 다 축 늘어져서 허덕허덕하도록 덥다. 이렇게 더우니 시냇물인들 서늘한 소리를 내어보는 재간도 없으리라.

나는 그 물가에 앉는다. 앉아서, 자, 무슨 제목으로 나는 사색해야 할 것인가 생각해 본다. 그러나 물론 아무런 제목도 떠오르지는 않는다.

그렇다면 아무것도 생각 말기로 하자. 그저 한량없이 넓은 초록색 벌판 지평선, 아무리 변화하여 보았댔자 결국 치열한 곡예의 역(域)을 벗어나지 않는 구름, 이런 것을 건너다본다.

지구 표면적의 백 분의 구십구가 이 공포의 초록색이리라. 그렇다면 지구야말로 너무나 단조무미한 채색이다. 도회에는 초록이 드물다. 나는 처음 여기 표착하였을 때 이 신선한 초록빛에 놀랐고 사랑하였다. 그러나 닷새가 못 되어서 이 일망무제[4]의 초록색은 조물주의 몰취미와 신경의 조잡성으로 말미암은 무미건조한 지구의 여백인 것을 발견하고 다시금 놀라지 않을 수 없었다.

어쩔 작정으로 저렇게 퍼렇나. 하루 온종일 저 푸른빛은 아무 짓도 하지 않는다. 오직 그 푸른 것에 백치와 같이 만족하면서 푸른 채로 있다.

이윽고 밤이 오면 또 거대한 구렁이처럼 빛을 잃어버리고 소리도 없이 잔다. 이 무슨 거대한 겸손이냐.

이윽고 겨울이 오면 초록은 실색한다. 그러나 그것은 남루를 갈기갈기 찢은 것과 다름없는 추악한 색채로 변하는 것이다. 한겨울을 두고 이 황막하고 추악한 벌판을 바라보고 지내면서 그래도 자살 민절(悶絶)[5]하지 않는 농민들은 불쌍

---

4 한눈에 바라볼 수 없을 정도로 아득하게 멀고 넓어서 끝이 없음.
5 너무 기가 막혀 정신을 잃고 까무러치다.

하기도 하려니와 거대한 천치다.

그들의 일생이 또한 이 벌판처럼 단조한 권태 일색으로 도포(塗布)된 것이리라. 일할 때는 초록 벌판처럼 더워서 숨이 칵칵 막히게 싱거울 것이오, 일하지 않을 때에는 겨울 황원처럼 거칠고 구지레하게 싱거울 것이다.

그들에게는 흥분이 없다. 벌판에 벼락이 떨어져도 그것은 뇌성 끝에 가끔 있는 다반사에 지나지 않는다. 촌동(村童)이 범에게 물려가도 그것은 맹수가 사는 산촌에 가끔 있는 신벌(神罰)에 지나지 않는다. 실로 전신주 하나 없는 벌판에서 그들이 무엇을 대상으로 흥분할 수 있으랴.

팔봉산 등을 넘어 철골 전신주가 늘어섰다. 그러나 그 동선(銅線)은 이 촌락에 엽서 한 장을 내려뜨리지 않고 섰는 채다. 동선으로는 전류도 통하리라. 그러나 그들의 방이 아직도 송명(松明)으로 어둠침침한 이상 그 전선주들은 이 마을 동구에 늘어선 포플러나무와 조금도 다름이 없다.

그들에게 희망은 있던가? 가을에 곡식이 익으리라. 그러나 그것은 희망은 아니다. 본능이다.

내일. 내일도 오늘 하던 계속의 일을 해야지. 이 끝없는 권태의 내일은 왜 이렇게 끝없이 있나? 그러나 그들은 그런 것을 생각할 줄 모른다. 간혹 그런 의혹이 전광과 같이 그들의 흉리(胸裏)를 스치는 일이 있어도 다음 순간 하루의 노역으로 말미암아 잠이 오고 만다. 그러니 농민은 참 불행하도다.

그럼…… 이 흉악한 권태를 자각할 줄 아는 나는 얼마나 행복된가.

3

댑싸리나무도 축 늘어졌다. 물은 흐르면서 가끔 웅덩이를 만나면 썩는다.

내가 앉아 있는 데는 그런 웅덩이가 있다. 내 앞에서 물은 조용히 썩는다.

낮닭 우는 소리가 무던히 한가롭다. 어제도 울던 낮닭이 오늘도 또 울었다는 외에 아무 흥미도 없다. 들어도 그만 안 들어도 그만이다. 다만 우연히 귀에 들려왔으니까 그저 들었달 뿐이다.

닭은 그래도 새벽, 낮으로 울기나 한다. 그러나 이 동리의 개들은 짖지를 않는다. 그러면 모두 벙어리 개들인가, 아니다. 그 증거로는 이 동리 사람이 아닌 내가 돌팔매질을 하면서 위협하면 십 리나 달아나면서 나를 돌아다 보고 짖는다.

그렇건만 내가 아무 그런 위험한 짓을 하지 않고 지나가면 천 리나 먼 데서 온 외인(外人), 더구나 안면이 이처럼 창백하고 봉발(蓬髮)[6]이 작소(鵲巢)[7]를 이룬 기이한 풍모를 쳐다보면서도 짖지 않는다. 참 이상하다. 어째서 여기 개들은 나를 보고 짖지를 않을까? 세상에도 희귀한 겸손

---

6 텁수룩하게 흐트러진 머리털.
7 까치집.

한 겁쟁이 개들도 다 많다.

이 겁쟁이 개들은 이런 나를 보고도 짖지를 않으니 그럼 대체 무엇을 보아야 짖으랴?

그들은 짖을 일이 없다. 여인(旅人)은 이곳에 오지 않는다. 오지 않을 뿐만 아니라 국도 연변에 있지 않은 이 촌락을 그들은 지나갈 일도 없다. 가끔 이웃 마을의 김 서방이 온다. 그러나 그는 여기 최 서방과 똑같은 복장과 피부색과 사투리를 가졌으니 개들이 짖어 무엇하랴. 이 빈촌에는 도둑이 없다. 인정 있는 도둑이면 여기 너무나 빈한한 새악시들을 위하여 훔친 바, 비녀나 반지를 가만히 놓고 가지 않으면 안 되리라. 도둑에게는 이 마을은 도둑의 도심(盜心)을 도둑맞기 쉬운 위험한 지대리라.

그러니 실로 개들이 무엇을 보고 짖으랴. 개들은 너무나 오랫동안—아마 그 출생 당시부터—짖는 버릇을 포기한 채 지내왔다. 몇 대를 두고 짖지 않은 이곳 견족(犬族)들은 드디어 짖는다는 본능을 상실하고 만 것이리라. 인제는 돌이나 나무토막으로 얻어맞아서 견딜 수 없이 아파야 겨우 짖는다. 그러나 그와 같은 본능은 인간에게도 있으니 특히 개의 특징으로 쳐들 것은 못 되리라.

개들은 대개 제가 길러지고 있는 집 문간에 가 앉아서 밤이면 밤잠, 낮이면 낮잠을 잔다. 왜? 그들은 수위(守衛)[8]할 아무 대상도 없으니까.

최 서방네 개가 이리로 온다. 그것을 김 서방네 개가 발견하고 일어나서 영접한다. 그러나 영접해 본댔자 할 일이 없다. 양구(良久)[9]에 그들은 헤어진다.

설레설레 길을 걸어본다. 밤낮 다니던 길, 그 길에는 아무것도 떨어진 것이 없다. 촌민들은 한여름 보리와 조를 먹는다. 반찬은 날된장과 풋고추다. 그러니 그들의 부엌에조차 남은 것이 없겠

---

8 지키어 호위하다.
9 시간이 꽤 오래됨.

거늘 하물며 길가에 무엇이 족히 떨어져 있을 수
있으랴.

길을 걸어봤자 소득이 없다. 낮잠이나 자자. 그
리하여 개들은 천부의 수위술을 망각하고 탐닉
하여 버리지 않을 수 없을 만큼 타락하고 말았다.

슬픈 일이다. 짖을 줄 모르는 벙어리 개, 지킬
줄 모르는 게으름뱅이 개, 이 바보 개들은 복날
개장국을 끓여 먹기 위하여 촌민의 희생이 된
다. 그러나 불쌍한 개들은 음력도 모르니 복날
은 몇 날이나 남았나 전혀 알 길이 없다.

4

이 마을에는 신문도 오지 않는다. 소위 승합
자동차라는 것도 통과하지 않으니 도회의 소식
을 무슨 방법으로 알랴?

오관이 모조리 박탈된 것이나 다름없다. 답답
한 하늘, 답답한 지평선, 답답한 풍경, 답답한 풍

속 가운데 나는 이리 뒹굴 저리 뒹굴 구르고 싶을 만큼 답답해하고 지내야만 된다.

아무것도 생각할 수 없는 상태 이상으로 괴로운 상태가 또 있을까. 인간은 병석에서도 생각하는 법이다. 아니 병석에서는 더욱 많이 생각하는 법이다.

끝없는 권태가 사람을 엄습하였을 때 그의 동공은 내부를 향하여 열리리라. 그리하여 망쇄(忙殺)[10]할 때보다도 몇 배나 더 자신의 내면을 성찰할 수 있을 것이다.

현대인의 특질이요 질환인 자의식의 과잉은 이런 권태하지 않을 수 없는 권태 계급의 철저한 권태로 말미암음이다. 육체적 한산, 정신적 권태, 이것을 면할 수 없는 계급이 자의식 과잉의 절정을 표시한다.

그러나 지금 이 개울가에 앉은 나에게는 자의

---

10 정신을 차릴 수 없을 정도로 매우 바쁘다.

식 과잉조차가 폐쇄되었다.

이렇게 한산한데, 이렇게 극도의 권태가 있는데, 동공은 내부를 향하여 열리기를 주저한다.

아무것도 생각하기 싫다. 어제까지도 죽는 것을 생각하는 것 하나만은 즐거웠다. 그러나 오늘은 그것조차가 귀찮다. 그러면 아무것도 생각하지 말고 눈뜬 채 졸기로 하자.

더워 죽겠는데 목욕이나 할까? 그러나 웅덩이 물은 썩었다. 썩지 않은 물을 찾아가는 것은 귀찮은 일이고…….

썩지 않은 물이 여기 있다기로서니 나는 목욕하지 않으리라. 옷을 벗기가 귀찮다. 아니! 그보다도 그 창백하고 앙상한 수구(瘦軀)[11]를 백일 아래에 널어 말리는 파렴치를 나는 견디기 어렵다.

땀이 옷에 배면? 밴 채 두자.

그렇다고 하더라도 이 더위는 무슨 더위냐. 나

---

11 빼빼 마른 몸.

는 일어나서 오던 길을 되돌아서는 도중에서 교미하는 개 한 쌍을 만났다. 그러나 인공의 교미가 없는 축류(畜類)[12]의 교미는 풍경이 권태 그것인 것같이 권태 그것이다. 동리 동해(童孩)[13]들에게도 젊은 촌부들에게도 내게 있어서도 흥미의 대상이 되지 않는다.

함석 대야는 그 본연의 빛을 일찍이 잃어버리고 그들의 피부색과 같이 붉고 검다. 아마 이 집 주인 아주머니가 시집올 때 가지고 온 것이리라.

세수를 해본다. 물조차가 미지근하다. 물조차가 이 무지한 더위에는 견딜 수 없었나 보다. 그러나 세수의 관례대로 세수를 마친다.

그리고 호박 넝쿨이 축 늘어진 울타리 밑 호박 넝쿨의 뿌리 돋힌 데를 찾아서 그 물을 준다. 너라도 좀 생기를 내라고.

땀내 나는 수건으로 얼굴을 훔치고 툇마루에

---

12 가축의 종류.
13 나이가 적은 아이.

걸터앉아 있자니까 내가 세수할 때 내 곁에 늘어섰던 주인집 아이들 넷이 제각기 나를 본받아 그 대야를 사용하여 세수를 한다.

저 애들도 더워서 저러는구나 하였더니 그렇지 않다. 그 애들도 나처럼 일거수일투족을 어찌하였으면 좋을까 당황해하고 있는 권태들이었다. 다만 내가 세수하는 것을 보고 그럼 우리도 저 사람처럼 세수나 해볼까 하고 따라서 세수를 해보았다는 데 지나지 않는다.

5

원숭이가 사람의 흉내를 내는 것이 내 눈에는 참 밉다. 어쩌자고 여기 아이들은 내 흉내를 내는 것일까? 귀여운 촌동들을 원숭이로 만들어서는 안 된다.

나는 다시 개울가로 가본다. 썩은 물 늘어진 댑싸리 외에 아무것도 없다. 그러나 나는 거기

앉아서 이번에는 그 썩어가는 웅덩이 속을 들여다본다.

순간 나는 진기한 현상을 목도한다. 무수한 오점이 방향을 정돈해 가면서 움직이고 있는 것이다. 이것은 생물임에 틀림없다. 송사리 떼임에 틀림없다.

이 부패한 소택(沼澤)14 속에 이런 앙증스러운 어족이 서식하리라고는 나는 참 꿈에도 생각지 못했다. 요리 몰리고 조리 몰리고 역시 먹을 것을 찾음이리라. 무엇을 먹고 사누. 버러지를 먹겠지. 그러나 송사리보다도 더 작은 버러지라는 것이 있을까!

잠시를 가만있지 않는다. 저물도록 움직인다. 대략 같은 동기와 같은 모양으로들 그러는 것 같다. 동기! 역시 송사리의 세계에도 시급한 목적이 있는 모양이다. 차츰차츰 하류를 향하여 군중

14 늪과 못을 아울러 이르는 말.

적으로 이동한다. 저렇게 하류로 하류로만 가다가 또 어쩔 작정인가. 아니 그들은 중로(中路)에서 또 상류를 향하여 거슬러 올라올지도 모른다. 그러나 당장 하류로 향하여 가고 있는 것이 확실하다. 하류로 하류로!

오 분 후에는 그들의 모양이 보이지 않을 만큼 그들은 멀리 하류로 내려갔다. 그리고 웅덩이는 아까와 같이 도로 썩은 물의 웅덩이로 조용해지고 말았다.

나는 그 자리에서 일어나서 풀밭으로 가보기로 한다. 풀밭에는 암소 한 마리가 있다.

고 웅덩이 속에 고런 맹랑한 현상이 잠복해 있을 수 있다니, 하고 나는 적잖이 흥분했다. 그러나 그 현상도 소낙비처럼 지나가고 말았으니 잊어버리고 그만두는 수밖에.

소의 뿔은 벌써 소의 무기는 아니다. 소의 뿔은 오직 안경의 재료일 따름이다. 소는 사람에게 얻어맞기로 위주니까 소에게는 무기가 필요 없다. 소의 뿔은 오직 동물학자를 위한 표지이다. 야우시대(野牛時代)에는 이것으로 적을 돌격한 일도 있습니다, 하는 마치 폐병(廢兵)의 가슴에 달린 훈장처럼 그 추억성이 애상적이다.

암소의 뿔은 수소의 그것보다도 더 한층 겸허하다. 이 애상적인 뿔이 나를 받을 리 없으니 나는 마음 놓고 그 곁 풀밭에 가 누워도 좋다. 나는 누워서 우선 소를 본다. 소는 잠시 반추를 그치고 나를 응시한다.

'이 사람의 얼굴이 왜 이리 창백하냐. 아마 병인인가 보다. 내 생명에 위해를 가하려는 거나 아닌지 나는 조심해야 되지.'

이렇게 소는 속으로 나를 심리(審理)하였으리라.[15] 그러나 오 분 후에는 소는 다시 반추를 계속하였다. 소보다도 내가 마음을 놓는다.

소는 식욕의 즐거움조차를 냉대할 수 있는 지

---

15 사실을 자세히 조사하여 처리하다.

상 최대의 권태자다. 얼마나 권태에 질렸길래 이미 위에 들어간 식물을 다시 게워 그 시금털털한 반소화물의 미각을 역설적으로 향락하는 체해 보임이리오?

소의 체구가 크면 클수록 그의 권태도 크고 슬프다. 나는 소 앞에 누워 내 세균같이 사소한 고독을 겸손하면서, 나도 사색의 반추는 가능할는지 몰래 좀 생각해 본다.

6

길 복판에서 예닐곱의 아이들이 놀고 있다. 적발동부(赤髮銅膚)[16]의 반라군(半裸群)이다. 그들의 혼탁한 안색, 흘린 콧물, 두른 배두렁이, 벗은 웃통만을 가지고는 그들의 성별조차 거의 분간할 수 없다.

---

16 바짝 깎은 머리에 구릿빛 피부.

그러나 그들은 여아가 아니면 남아요 남아가 아니면 여아인, 결국에는 귀여운 대여섯 살 내지 일고여덟 살의 '아이들'임에는 틀림없다. 이 아이들이 여기 길 한복판을 선택하여 유희하고 있다.

돌멩이를 주워온다. 여기는 사금파리도 벽돌 조각도 없다. 이 빠진 그릇을 여기 사람들은 버리지 않는다.

그리고는 풀을 뜯어온다. 풀, 이처럼 평범한 것이 또 있을까. 그들에게 있어서는 초록빛의 물건이란 어떤 것이고 간에 다시없이 심심한 것이다. 그러나 하는 수 없다. 곡식을 뜯는 것도 금제(禁制)니까 풀밖에 없다.

돌멩이로 풀을 짓찧는다. 푸르스레한 물이 돌에 가 염색된다. 그러면 그 돌과 그 풀은 팽개치고 또 다른 풀과 돌멩이를 가져다가 똑같은 짓을 반복한다. 한 십 분 동안이나 아무 말이 없이 잠자코 이렇게 놀아본다.

십 분 만이면 권태가 온다. 풀도 싱겁고 돌도

싱겁다. 그러면 그 외에 무엇이 있나? 없다.

그들은 일제히 일어선다. 질서도 없고 충동의 재료도 없다. 다만 그저 앉아 있기 싫으니까 이번에는 일어서 보았을 뿐이다.

일어서서 두 팔을 높이 하늘을 향하여 쳐든다. 그리고 비명에 가까운 소리를 질러본다. 그러더니 그냥 그 자리에서들 경중경중 뛴다. 그러면서 그 비명을 겸한다.

나는 이 광경을 보고 그만 눈물이 났다. 여북하면 저렇게 놀까. 이들은 놀 줄조차 모른다. 어버이들은 너무 가난해서 이들 귀여운 애기들에게 장난감을 사다줄 수가 없었던 것이다.

이 하늘을 향하여 두 팔을 뻗치고 그리고 소리를 지르면서 뛰는 그들의 유희가 내 눈에는 암만해도 유희같이 생각되지 않는다. 하늘은 왜 저렇게 어제도 오늘도 내일도 푸르냐, 산은 벌판은 왜 저렇게 어제도 오늘도 내일도 푸르냐는, 조물주에게 대한 저주의 비명이 아니고 무엇이랴.

아이들은 짖을 줄조차 모르는 개들과 놀 수는 없다. 그렇다고 모이 찾느라고 눈이 벌건 닭들과 놀 수도 없다. 아버지도 어머니도 너무나 바쁘다. 언니 오빠조차 바쁘다. 역시 아이들은 아이들끼리 노는 수밖에 없다. 그런데 대체 무엇을 갖고 어떻게 놀아야 하나, 그들에게는 장난감 하나가 없는 그들에게는 영영 엄두가 나서지를 않는 것이다. 그들은 이렇듯 불행하다.

그 짓도 오 분이다. 그 이상 더 길게 이 짓을 하자면 그들은 피로할 것이다. 순진한 그들이 무슨 까닭에 피로해야 되나? 그들은 우선 싱거워서 그 짓을 그만둔다.

그들은 도로 나란히 앉는다. 앉아서 소리가 없다. 무엇을 하나. 무슨 종류의 유희인지, 유희는 유희인 모양인데…… 이 권태의 왜소 인간들은 또 무슨 기상천외의 유희를 발명했나.

오 분 후에 그들은 비키면서 하나씩 둘씩 일어선다. 제각각 대변을 한 무더기씩 누어보았다.

아, 이것도 역시 그들의 유희였다. 속수무책의
그들 최후의 창작 유희였다. 그러나 그중 한 아
이가 영 일어나지를 않는다. 그는 대변이 나오지
않는다. 그럼 그는 이번 유희의 못난 낙오자임에
틀림없다. 분명히 다른 아이들 눈에 조소의 빛이
보인다. 아, 조물주여, 이들을 위하여 풍경과 완
구를 주소서.

7

날이 어두워졌다. 해저와 같은 밤이 오는 것이
다. 나는 자못 이상하다.

가만히 생각해 보면 나는 배가 고픈 모양이다.
이것이 정말이라면 그럼 나는 어째서 배가 고픈
가. 무엇을 했다고 배가 고픈가.

자기 부패 작용이나 하고 있는 웅덩이 속을 실
로 송사리떼가 쏘다니고 있더라. 그럼 내 장부
(臟腑) 속으로도 나로서 자각할 수 없는 송사리

떼가 준동하고 있나 보다. 아무튼 나는 밥을 아니 먹을 수는 없다.

밥상에는 마늘장아찌와 날된장과 풋고추조림이 관성의 법칙처럼 놓여 있다. 그러나 먹을 때마다 이 음식이 내 입에 내 혀에 다르다. 그러나 나는 그 까닭을 설명할 수 없다.

마당에서 밥을 먹으면 머리 위에서 그 무수한 별들이 야단이다. 저것은 또 어쩌라는 것인가. 내게는 별이 천문학의 대상이 될 수 없다. 그렇다고 시상(詩想)의 대상도 아니다. 그것은 다만 향기도 촉감도 없는 절대 권태의 도달할 수 없는 영원한 피안이다. 별조차가 이렇게 싱겁다.

저녁을 마치고 밖으로 나와보면 집집에서는 모깃불의 연기가 한창이다.

그들은 마당에서 멍석을 펴고 잔다. 별을 쳐다보면서 잔다. 그러나 그들은 별을 보지 않는다. 그 증거로는 그들은 멍석에 눕자마자 눈을 감는다. 그리고는 눈을 감자마자 쿨쿨 잠이 든다. 별은 그들과 관계없다.

나는 소화를 촉진시키느라고 길을 왔다 갔다 한다. 되돌아설 적마다 멍석 위에 누운 사람의 수가 늘어간다.

이것이 시체와 무엇이 다를까? 먹고 잘 줄 아는 시체─나는 이런 실례로운 생각을 정지해야만 되겠다. 그리고 나도 가서 자야겠다.

방에 돌아와 나는 나를 살펴본다. 모든 것에서 절연된 지금의 내 생활─자살의 단서조차를 찾을 길이 없는 지금의 내 생활은 과연 권태의 극, 권태 그것이다.

그렇건만 내일이라는 것이 있다. 다시는 날이 새지 않는 것 같기도 한 밤 저쪽에 또 내일이라는 놈이 한 개 버티고 서 있다. 마치 흉맹한 형리처럼─나는 그 형리를 피할 수 없다. 오늘이 되어버린 내일 속에서 또 나는 질식할 만큼 심심해해야 하고 기막힐 만큼 답답해해야 한다.

그럼 오늘 하루를 나는 어떻게 지냈던가. 이런

것은 생각할 필요가 없으리라. 그냥 자자! 자다가 불행히, 아니 다행히 또 깨거든 최 서방의 조카와 장기나 또 한판 두지. 웅덩이에 가서 송사리를 볼 수도 있고—몇 가지 안 남은 기억을 소처럼 반추하면서 끝없이 나태를 즐기는 방법도 있지 않으냐.

불나비가 달려들어 불을 끈다. 불나비는 죽었든지 화상을 입었으리라. 그러나 불나비라는 놈은 사는 방법을 아는 놈이다. 불을 보면 뛰어들 줄도 알고, 평상에 불을 초조히 찾아다닐 줄도 아는 정열의 생물이니 말이다.

그러나 여기 어디 불을 찾으려는 정열이 있으며 뛰어들 불이 있느냐. 없다. 나에게는 아무것도 없고 내 눈에는 아무것도 보이지 않는다.

암흑은 암흑인 이상 이 좁은 방 것이나 우주에 꽉 찬 것이나 분량상 차이가 없으리라. 나는 이 대소 없는 암흑 가운데 누워서 숨 쉴 것도 어루만질 것도 또 욕심나는 것도 아무것도 없다. 다만

어디까지 가야 끝이 날지 모르는 내일, 그것이 또
창밖에 등대(等待)하고 있는 것을 느끼면서 오들
오들 떨고 있을 뿐이다.

—12월 19일 미명, 동경에서

이상(1910~1937)은 일제강점기라는 격동의 시대 속에서 모더니즘 문학을 선도한 대표적인 작가로, 실험적 문체와 섬세한 내면 묘사로 한국 문학사에서 독보적인 위치를 차지한다. 특히 〈날개〉와 〈권태〉는 그의 문학 세계를 대표하는 작품으로, 도시 속의 인간, 자아의 분열, 실존적 불안 등 이상 문학의 핵심 주제들이 집약되어 있다. 이상의 다른 작품들도 그렇지만 이번 두 작품은 이상의 개인적 삶, 특히 폐결핵으로 인한 신체적 고통과 심리적 위축, 도시 문명에 대한 이질감, 그리고 예술가로서의 정체성 위기와 깊이 연결되어 있다.

1936년 9월 《조광》에 발표된 〈날개〉는 "박제가 되어버린 천재를 아시오?"라는 도발적인 문장으로 시작한다. 이 문장은 단순한 자아의 고백이 아니라, 사회와 단절된 개인의 무력함, 고립감, 존재론적 위기를 암시한다. 주인공은 이름조차 없는 '나'로, 독립적인 자아를 갖추지 못해 허무하고 무기력한 인물로 그려진다.

이 작품은 〈오감도〉, 〈지주회시〉 등 실험적인 전작에서 대중의 비판과 항의를 받은 전력을 심화된 리얼리즘이라는 긍정적인 평가로 바꾼 작가의 대표작이다. 〈날개〉는 자아 탐구의 여정을 그리는 동시에, 일제강점기 자본주의화된 도시 공간 속에서 단절된 인간의 초상을 나타낸다. 현실의 억압과 소외 속에서 주체성을 상실하던 자아의 회복 욕구가 이 작품의 핵심 정서라 할 수 있다.

작품은 '나'의 의식 흐름을 따라가며 내면의 세계를 탐색하는 심리주의적 기법을 택한다. 이야기의 외형은 외출과 귀가의 반복으로 이루어져 있지만, 이는 안전한 일상과는 동떨어져 있다. '나'는 외출을 통해 자신이 자유를 얻은 듯 착각하지만, 그 자유는 결국 무의미하다. 집, 티룸, 산, 빌딩 옥상으로 향하며 '나'는 존재의 방향을 잃고 다만 수직 상승한다. 이것은 비상(飛上)을 의미하며, 일상으로부터 차단되었던 자아분열의 폐쇄성과 자기 구제의 의지를 형상화한 것이다. 결국, "날개야 다시 돋아라. 날자. 날자. 한 번만 더 날자꾸나."에서 '날개'는 자유와 회복의 상징이자, 시대적인 암울함을 탈출하려는 적극적인 의지의 발현이다.

〈권태〉는 제목 그대로 일상에 대한 깊은 피로감과 무기력을 주제로 삼는다. 해당 작품은 작가가 평안남도 성천에서 요양하던 시기의 경험을 바탕으로 쓰였다. 특별한 사건 없이 흘러가는 여름날 벽촌의 일상을 '나'의 내면을 세밀하게 포착하여 충실하게 그려낸다. 타인과의 교류 없이 반복적이고 무의미한 일상은 '나'에게 어떤 만족이나 감정의 진폭을 선사하지 않는다. 그저 관찰자처럼 세계와 교류하지 못한 채 끝없는 무료함에 잠식당해 간다.

특별히 사건이랄 것이 일어나지 않고, 주변인과의 관계도 느슨한 '나'의 일상이 모더니스트의 관점에서 그려진다. '나'의 일상은 그저 반복되는 루틴 속에서, 왜 이런 삶을 계속하는지조차 자각하지 못한 채 떠도는 상태에 가깝다. 이는 일제강점기 지식인의 내면에 자리 잡은 정체성의 상실, 존재의 공허함을 표상한다.

결국 작품 말미에 이르러서도 어떤 해답이나 전환점에 대한 암시는 없다. 이때 '권태'는 단순한 기분이 아니라, 당대 지식인들이 마주한 실존적 위기에 대한 함의이다. 이상은 자신의 체험을 승화하여 극도의 무감각과 단절된 일상을 있는 그대로 문학으로 가져왔고, 이후 한국 모더니즘 문학의 방향을 제시하는 데 중요한 발판이 되었다.

〈날개〉와 〈권태〉는 한국 근대 문학사에서 모더니즘 문학의 정수로 평가받는 작품들로, 서로 다른 형식과 배경을 취하면서도 본질적인 주제와 정서는 맞닿아 있다.

두 작품은 극적인 서사나 갈등 대신, 무미건조한 일상 속에서 존재의 무게와 공허를 드러내는 서사 방식을 채택하고 있다. 사건보다는 '나'라는 주체의 내적 체험, 무력한 일상에 대한 감각으로 이야기를 전개해 나간다. 두 작품 속 '나'는 모두 자기 자신을 명확하게 인식하지 못하며, 타인과의 관계에서도 의미를 찾지 못한 채 무의미한 공간을 부유하는 존재로 묘사된다.

형식적으로도 두 작품은 모두 전통적 사실주

의나 자연주의 문학과는 거리를 두고, 심리의 단편성, 문장의 비연속성, 시적 이미지 등을 활용한다. 〈날개〉는 내면 의식을 복잡한 구성과 기법 실험으로 드러내고, 〈권태〉는 단조롭고 무감각한 언어를 통해 존재의 공허함을 명확하게 나타낸다.

두 작품은 문학사적으로도 중요한 위치에 있다. 이는 한국 문학이 '내면'과 '의식'이라는 새로운 탐구의 방향으로 나아가는 이정표가 되었다. 당대 많은 작품이 민족주의적이거나 사회 비판적 경향을 띠었던 반면, 이상의 문학은 개인의 심층 심리와 주관적 현실에 주목하면서 모더니즘 문학의 가능성을 한국 문단에 제시했다. 〈날개〉와 〈권태〉는 개인의 내면을 문학의 중심으로 끌어낸 선구적인 작품이며, 이상의 예술 실험이 어떠한 시대적 가능성을 지니고 있었는지 보여준다.

실존과 경계 시리즈 01

날개

초판 1쇄 발행 2025년 6월 20일
초판 3쇄 발행 2025년 11월 20일

지은이 이상
펴낸이 이혜경
기획·관리 김혜림
편집 변묘정, 박은서
디자인 여혜영
마케팅 양예린

펴낸곳 니케북스
출판등록 2014년 4월 7일 제300 - 2014 - 102호
주소 서울시 종로구 새문안로 92 광화문 오피시아 1717호
전화 (02) 735 - 9515
팩스 (02) 6499 - 9518
전자우편 nikebooks@naver.com
블로그 blog.naver.com/nikebooks
페이스북 facebook.com/nikebooks
인스타그램 (니케북스) @nike_books
     (니케주니어) @nikebooks_junior

ISBN 979-11-94706-05-2 02810

책값은 뒤표지에 있습니다.
잘못된 책은 구입한 서점에서 바꿔드립니다.